LOCUS

LOCUS

LOCUS

LOCUS

catch

catch your eyes ; catch your heart ; catch your mind······

catch 137
螺絲狗

作者：李鼎 http://leadingcreative.biz
繪圖：Chili
封面設計：楊啓巽工作室
責任編輯：繆沛倫　美術編輯：何萍萍
法律顧問：全理法律事務所董安丹律師
出版者：大塊文化出版股份有限公司
台北市105南京東路四段25號11樓
www.locuspublishing.com
讀者服務專線：0800-006689
TEL：(02) 87123898　FAX：(02) 87123897
郵撥帳號：18955675　戶名：大塊文化出版股份有限公司
版權所有‧翻印必究

總經銷：大和書報圖書股份有限公司
地址：台北縣五股工業區五工五路2號
TEL：(02) 89902588　　FAX：(02) 22901628
初版一刷：2007年 11 月

定價：新台幣 300 元
ISBN 978-986-213-016-2
Printed in Taiwan

螺絲狗

Screw Dog

李鼎 著 ｜ Chili 繪圖

「這一切都是為了愛！」

我怎麼跟你說了一個那麼通俗的開場。

其實大家都不想知道為什麼「這一切都是為了愛」？

94%的人都會問我：「什麼狗？什麼螺絲？為什麼是螺絲？」

因為，螺絲狗有一條非常特別的尾巴，那條尾巴，像一根螺絲一樣，只要螺絲狗一開心，或是一緊張，那條尾巴，就會像螺絲一樣旋轉起來。

就像黑色的小狗，我們習慣叫他「小黑狗」、黃色的老狗我們會叫他「老黃狗」；螺絲狗因為這根像螺絲一樣的尾巴，從此就被叫成──「螺絲狗」。

以下就是關於螺絲狗的100個愛情故事，但我想說的第一個故事，是編號第68號故事。

編號68

螺絲狗直挺挺地坐在島上愛情海的港口，背對著我們，像一幅
畫。
那個畫面裡，螺絲狗從頭到尾，只說了一句話：

「我沒有鰓，所以不能跟妳游向大海。」

他跟那條名為「愛情海的魚」的愛情，在那天結束。

編號61

那你一定會問我說，螺絲狗怎麼跟「愛情海的魚」相愛的。

那天陽光好好，那條愛情海的魚，色彩繽紛安靜地停在島上的水族箱中，完全不像箱中其他躍動的魚群。
螺絲狗因為水族箱頂的陽光反射，使得他因為這條鮮黃帶黑色條紋肌膚的魚而駐足。
他靠近水族箱，近看這條魚，發現魚缸因為他鼻子冒出的熱氣薄了一層霧，才知道，他對這條愛情海的魚，有了羞怯。

愛情海的魚隔著玻璃看著螺絲狗的鼻頭發出忽大忽小的霧氣。

「噓！不要吵，寂寞是件很慎重的事。」這條愛情海的魚說完這話，配合著螺絲狗傻呼呼的熱氣，擺動了她的身體。

你知道嗎？一隻狗的一生，經歷最多的──就是寂寞。

這條愛情海的魚給螺絲狗的寂寞有了一個出口。

編號62

所有人都知道螺絲狗愛上這條愛情海的魚了！

螺絲狗每天盯著水族箱，看著這條愛情海的魚。但天知道，是這條魚愛死螺絲狗了！因為螺絲狗每次一靠近水族箱，他那因為羞怯或是興奮從鼻頭發出來的霧氣，讓這條愛情海的魚感到無比浪漫。

「我從來沒有追過一場霧！」愛情海的魚每一句話都帶著浪漫，而那浪漫讓螺絲狗覺得自己是個英雄。

魚追著霧氣的大小擺動身體，但鼻子一起霧，螺絲狗就看不見魚，他的狗臉一靠近水族箱，這條愛情海的魚就嚇得大笑。

「好大好大的眼睛喔！」這又是一句讓螺絲狗興奮地呼喊。

螺絲狗幾乎學會要讓自己憋著氣，才能看清楚魚。
後來螺絲狗真的學會了，他用鼻頭頂住了水族箱的玻璃。他從沒有想到，短暫的窒息，會讓他有更興奮的快感。

「對，你學會了憋氣，我們就可以在一起了！」

編號63

我想先跟你說說這條魚的美。

這條愛情海的魚身上的顏色,幾乎是所有女人最渴望的眼影——
朦朧中又帶著神氣。

所有的光線在水的波動下,使得這件一輩子唯一的衣服,永遠看
起來閃耀動人。更不用說,擺動身體的媚態是用速度來勾著你的
視線。

但若一條讓所有人追逐視線的魚，所有快樂的擺動，是因為追逐你鼻頭的一場霧氣，全身擺動勾人的美，是因為你而閃耀，這怎能不讓螺絲狗陶醉。

一切的閃耀都是因你而生──這就是「浪漫」的魔力。

編號64

這天，螺絲狗因為相信自己學會了憋氣，想跟這條愛琴海的魚，來一場吻。

「你快來，我喜歡你在天空看我的樣子！」愛情海的魚一說完，便用盡了全力，往水族箱的天空奔去。
螺絲狗憋好了氣，一頭湧進水裡，水族箱像是起了一場海嘯。
螺絲狗的頭伸進了水裡，就那麼一眼，他看到愛情海的魚被水壓下，水泡衝進螺絲狗的眼睛，就這一秒的相見，螺絲狗立刻把頭伸出水面。

「螺絲狗，你在幹嘛？」水族店的店員驚呼，因為水族箱跟著螺絲狗一起翻覆。

編號65

此刻，螺絲狗此生第一次跟這條愛情海的魚並肩在一起，但螺絲狗卻因為眼睛被水刺痛著沒張開眼睛，而魚幾乎快窒息地彈跳著。

編號66

這場意外後來沒有帶來任何傷亡。
但這條愛情海的魚，換了一個較小的缸。

可愛的是，他倆卻覺得有趣。因為，他們此生有了一場共同的患難。
但接下來呢？

螺絲狗學會了保持安全距離，他不再靠近魚缸，用一種最安靜的凝視，看著得來不易的一切。
愛情海的魚，不再擁有螺絲狗隨心跳忽大忽小的霧氣，也沒了追逐的浪漫。

「為什麼我那麼寂寞？」愛情海的魚總算說出來這句話。
「我守候著你啊！」螺絲狗張著嘴吐著舌頭喘著氣說。

愛情海的魚說不出話來，螺絲狗接著說：「記不記得我們認識的第一天，妳說，不要吵，寂寞是件很慎重的事！」
「不記得了！」

螺絲狗停止了喘氣。他擔心是否上次那場意外，讓魚失去了最美的記憶。

他將頭，靠近魚缸，但他很小心的保持距離，然後讓他鼻頭的熱氣，在魚缸上忽大忽小。

「就是這樣啊！你要我寂寞一點！」螺絲狗還把眼睛睜大著說。

你知道嗎？當浪漫用一種理性來分析的時候，一旦喚醒，就再也不浪漫了。

其實，那天生浪漫的，一生最怕的就是寂寞。

所以，可能那一句「寂寞是件慎重的事！」一被分析出來，不過就是浪漫者順口說出的一嘴浪漫。
順口說出的一嘴浪漫，就是要永遠在一起的諾言嗎？

這條愛情海的魚問了自己一個回答不出的問題。這場沉默，持續了一夜。

在水裡流著的眼淚，誰看得見？

一條魚可能沒有流眼淚的權利，但現在愛情海的魚知道，若能哭出來，她或許就可以接受這一切了。

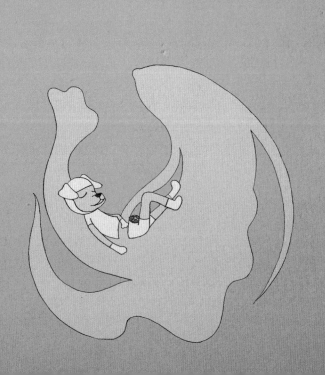

編號67

「我想帶妳去看海。」
這是螺絲狗第一次學會浪漫的口氣，這句話果然讓魚有了感覺。
「因為，我想好好看看妳。」
「你不是平常也這樣看著我嗎？」
「嗯。」螺絲狗這聲「嗯」的樣子很憨厚，也很害羞。

「但我總想看到妳說──寂寞是件很慎重的事的表情，因為只有妳
在看海的時候，會有一種，很慎重的寂寞。」

誰都沒想到，那天，就是螺絲狗最後一次跟魚的約會。
果然，那天有一整天很慎重的寂寞。

愛情海的魚看愛情海的時候好像很近，她看著身邊的螺絲狗，好
像比海還遠。

然後，編號第68個故事，我一開始就說了。
但誰把愛情海的魚放回愛情海？

螺絲狗一直不願意告訴我，最苦的是，我怕他也不知道。

所以，我只能告訴你，編號第68個故事像一幅畫面，而且只有螺絲狗的背影跟愛情海。

編號12

讓我們回到螺絲狗編號第12個故事好了。

螺絲狗愛上郵差了。

郵差有一輛會響著鈴鐺的腳踏車，螺絲狗每次聽到那個鈴鐺的聲音，就會特別興奮，不自主地跟著跑。

「你的尾巴好特別啊！」
被一個去過多少地方、看過多少人、更不用說看過多少狗的郵差說「特別」，這條像「螺絲」的尾巴可就真的是很特別。

螺絲狗愈搖著他的螺絲尾巴，整個尾巴就更飛快的像螺旋一樣搖轉。

郵差把自己身上另一個鈴鐺拿了出來，掛在螺絲狗的脖子上，從此，他們倆就在一起了！

編號13

郵差讓螺絲狗知道自己有奔跑的能力。
因為螺絲狗知道，身上的鈴鐺只要跑得愈快，就愈響亮。
郵差車上的鈴鐺，也會跟著螺絲狗一起響亮。

這樣的鈴響聲越過田野。

田野有了鈴聲，耕田的農夫就有了抬頭的笑聲，牛也跟著用牛的
鈴鐺唱和。
森林有了鈴聲，貓頭鷹跟著在夜色裡唱著低音的和絃，螺絲狗的
腳步跟著腳踏車的車輪與土地發出啪哩啪哩的掌聲。

編號14

螺絲狗接著學會在每一個去過的地方、發現到的捷徑做下記號，
讓他跟郵差不會迷路，順利到達。

編號15

螺絲狗成為每一村老太太最寵的天使，因為他會舔乾老太太臉上
難過的淚水，並且跟每個小孩玩追逐的遊戲。

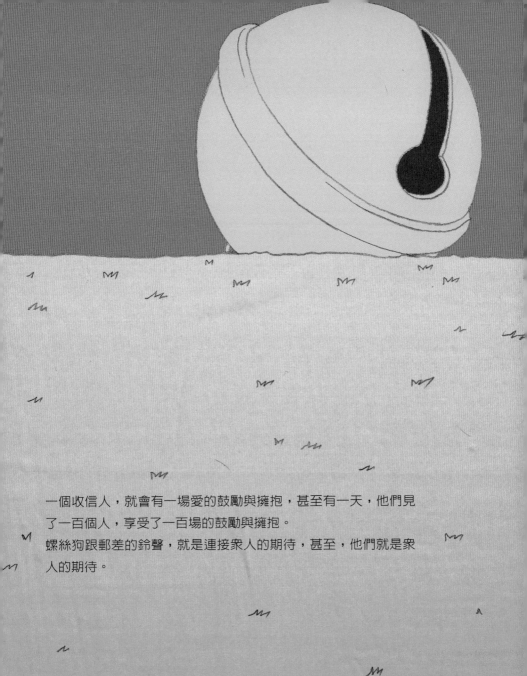

一個收信人，就會有一場愛的鼓勵與擁抱，甚至有一天，他們見了一百個人，享受了一百場的鼓勵與擁抱。

螺絲狗跟郵差的鈴聲，就是連接眾人的期待，甚至，他們就是眾人的期待。

編號16

只要鈴鐺響，就有人知道，沒有誰會被誰遺忘。

編號17

螺絲狗知道，這些都是因為郵差。
所以每一天任務做完，在任何一個角落喘息、喝水，螺絲狗都會
笑著仰望郵差。

「謝謝你陪我一起去了那麼多地方。」
郵差摸著螺絲狗的頭，一起望著遠方。

螺絲狗可能因為見過很多因等一封信，而有所「期待」的表情，
所以，他非常知道「期待」會帶來一種「綻放」的魅力。
因為有期待，每一段感情，都有了從醞釀而綻放的美。

可是螺絲狗卻最怕每天跟郵差最後「獨處」的時候。

因為郵差在獨處的時候，永遠都有一種「期待」的表情，但是，
螺絲狗不知道誰可以送信給郵差。

螺絲狗試著搖自己的身體，讓鈴鐺發出聲音，通常，郵差就會有
了一抹微笑，然後結束一天的相遇，各自回家。

螺絲狗跟著郵差去了那麼多的遠方，但螺絲狗總感覺，郵差的獨處，是他覺得，最遠的一個地方。

編號18

這一天，郵差不願意出門。腳踏車的郵包裡，也沒有半封信。

螺絲狗心想，會不會郵差出了什麼意外。

於是螺絲狗奮力地敲著郵差的房門，呼喊郵差。

「你回去吧！我不再送信了！」郵差連門都不開地在房裡面喊著。

「為什麼？」說完螺絲狗，開始原地繞圓圈奔跑，讓自己身上的鈴鐺響起來，而且越來越大聲。

「快啊！快啊！好多人要聽我們的鈴聲，好多人的『期待』在等我們啊！」

「不會再有什麼『期待』！」

螺絲狗停止了旋轉的奔跑。

「只要是期待，就有不被滿足的那天到來。」

螺絲狗再次不懂郵差的話，就像不懂郵差獨處時的表情。

「但老奶奶感動的眼淚是真的、小朋友看到你的笑都是真的、所有工作的人因為聽到我們的鈴聲，就會抬頭擦汗，開心的迎接我們，這都是真的。」

螺絲狗一邊喊，一邊用他的爪子抓著郵差的門。

爪子留下了痕跡，但郵差的門，沒開。

「我們不再會被人期待，你不懂嗎？現在大家都不寄信了。所有人都想『快』，快點知道答案，快點見到彼此，不想為任何期待等待，現在不需要郵差……大家都用e-mail了！」

我每次回想到這一篇，回想到郵差最後讓螺絲狗無言的這一句話，都會大笑。

可我知道，對螺絲狗來說，是一個很大的傷害。

我雖跟螺絲狗一樣，不懂為什麼這就是郵差不能跟螺絲狗在一起的理由。

但我知道，若相愛的兩人，一旦有一個人的視野或看的遠方不同，那場愛，就快結束了。

這是編號第18號的螺絲狗與郵差的故事。
我每次說完的時候，就想用郵票貼一封信，寄到郵筒給一個人，但寫完後才發現，我早已沒了那人的地址，甚至很多人的地址，都沒了。
遺失的這一切，比我想像的，還快。

編號7

我們來看看螺絲狗這輩子第一個愛上的是誰，好嗎？
螺絲狗愛上螞蟻了！

因為只有螞蟻不會拋棄誰跟誰。

這是螺絲狗在野外最需要的感覺——誰都不會把誰拋棄。

編號8

「我們要去哪裡？」螺絲狗問著螞蟻。

「跟著我，就知道了！」螞蟻總是那麼有自信地說著，甚至一邊搬著螺絲狗根本搬不動的小東西。

螞蟻最會搬小東西了，這又讓螺絲狗有一種「螞蟻最懂得珍惜」的安全感。

「聚沙會成塔喔！」螞蟻認真地告訴螺絲狗，頭也不回，努力地搬著東西，看著前方。螺絲狗回答了一聲「嗯！」並且放慢腳步跟著螞蟻前進。

編號9

「你一定要有一種死忠感！」螞蟻這樣跟螺絲狗說。

這句話讓螺絲狗不斷地點頭，因為一條狗天生最會的就是死忠。

「為一條路走到底的死忠。」螞蟻總是看著前方，搬著東西說話。

「能夠為走一條路死忠，就能為愛死忠。」

螺絲狗因為這句話太深奧而聽不懂，他無法想像他每天在做的事情──走路，就已經是「愛」了。

「別走丟了！我們不能等你。」

螺絲狗因為頻頻回首看著後面也是為了愛而走的螞蟻，幾乎快迷失了他愛的那隻。

但趕上螞蟻的速度容易，只不過要超越螞蟻的思維，螺絲狗還有點吃力。

「那我們等下要去哪裡？」螺絲狗又發問了。

「跟著走就對了。」

編號10

「那我們等下要去哪裡？」螺絲狗又發問了。
我猜這是螺絲狗跟螞蟻相愛時最多的一句對話。

然後螞蟻一定也是會這樣回答——「跟著走就對了」。

螺絲狗一開始很喜歡這樣的對話，他發現能夠依賴並且信任是愛
最甜蜜的地方。

螞蟻常會跟他說很多因為「因為大家在一起，就會……」的故
事。
螞蟻說，他們的祖先，因為大家聚在一起、做同樣一件事、去同
一個方向、聽同一個口令，就能夠把一頭離開人間的大象搬起
來。
「天啊！那不是連人都可以舉起來嗎？」螺絲狗驚呼。
「嗯！你知道嗎？只有大家一起複製，讓大家都跟你做一樣的
事，才可能成功！」
螺絲狗仍然不懂，但他知道他現在每天都跟螞蟻做一樣的事——
就是跟著他走。
「任何事，都要有系統，並且有一種死忠、持續……」螞蟻昂揚
開心地邊走邊說。螺絲狗很喜歡螞蟻，雖然，有時候他會搞不清
楚，他到底喜歡的那一個走到哪裡了！因為，每隻螞蟻都複製的
太像了。

編號11

「那我們等下要去哪裡？」螺絲狗又發問了。

我跟你說過，這是螺絲狗最常問螞蟻的話，沒錯吧！

「你為什麼總要問同樣的話呢？」螞蟻今天有點不耐。

「我想知道我們的終點啊！」

螺絲狗發現他的死忠，好像抗拒不了他的委屈。

「你不要理他啦！他的氣味跟你不合，最好早點走吧！」另一隻螞蟻回頭罵了起來。

螺絲狗的嘴巴突然滴下了一口口水，讓整條螞蟻部隊慌亂，甚至讓他的最愛，陷在他的口水裡翻滾。

「夥伴們，快，快救我們的遇水難的夥伴……」螞蟻雄兵們立刻圍上螺絲狗的口水，在口水中又開出一條路，讓彼此繼續前進。

這次螞蟻走的時候，連看都沒看螺絲狗一眼，他們依舊哼著鬥志高昂前進歌曲，留下仍在思考的螺絲狗。

螺絲狗仍然被剛剛自己一不小心的一滴口水，顯釀成災的畫面震憾，又一邊在想「你不要理他啦！他的氣味跟你不合，最好早點走吧！」這句話的道理。

這場愛或許跟「思考方向」及「氣味」有關。

但我想或許也跟螺絲狗老愛問那句：「那我們等下要去哪裡？」有關。

這讓我一度也不太敢問別人這句話，但是不問，也覺得，怪。

編號19

螺絲狗愛上松鼠了。
你怎麼能抗拒一個跟你一有一模一樣興趣的對象呢！
讓我告訴你螺絲狗跟松鼠最相像的興趣就是：

1.奔跑，不斷地奔跑，甚至跳躍。
2.吃東西的時候要不斷地點頭，誰都不可以吵。
3.喜歡把東西吃一半，然後把它藏起來。

尤其是第三點，讓他們倆幾乎覺得相見恨晚。

編號20

「你會學會爬樹的。」松鼠在樹梢，低頭看著喘呼呼的螺絲狗。

螺絲狗四腳朝天，頭貼著草地，伸著那顫抖的舌頭，傻笑地看著松鼠。

「我會跳上來！」螺絲狗突然起身，不放棄地想跳上這棵樹，但很抱歉，還是沒成。

「你這個大傻瓜！」松鼠大笑，螺絲狗又是一個四腳朝天，奢著顫抖喘呼呼的大舌頭。

就這樣，松鼠爬到螺絲狗的身上，松鼠用他的小手，圈成一個喇叭的形狀，小聲的喊出一句話：「但我喜歡大傻瓜！」

這句話讓螺絲狗停止了喘氣，他倆對望了一秒，螺絲狗突然一個大噴嚏，讓松鼠滿臉口水，松鼠氣得爬到螺絲狗的身上，用他的小手亂打。

螺絲狗任著松鼠打。

傻瓜讓松鼠有安全感。

編號21

奔跑、跳躍、開心低頭吃東西⋯⋯然後把吃一半的東西藏起來，
然後，奔跑、跳躍、開心低頭吃東西⋯⋯然後把吃一半的東西
藏起來⋯⋯

這樣簡單的愛，讓森林裡所有的動物都羨慕。

一旦成為別人羨慕的愛，這場愛好像就該有點不一樣的進步。

編號22

「我們藏的食物呢？」松鼠這天問螺絲狗。
螺絲狗卻一句都回答不出來。

「我們倆藏的食物呢？你都忘記在哪裡了嗎？」
松鼠再問了一次螺絲狗。

是的。螺絲狗根本就不記得從與松鼠相愛的那一天開始，他們倆
藏的所有食物在哪裡。
但你別以為這都是螺絲狗的問題，因為根據Discovery頻道報
導，松鼠跟狗一樣，都有一個問題，就是——他們都會「忘記」
他們藏的食物在哪裡！

「怎麼辦？我們倆這樣一天到晚只會玩耍，雖然很開心，但這種
愛讓我們倆根本無法進步！我怎麼能夠依靠你？」

松鼠一說完，螺絲狗跟松鼠陷入一種懊喪。

「你根本就是一個大笨蛋！」松鼠一說完，螺絲狗緊張了，因為
他不想再因為不去努力，失去任何一場愛。
「我會為你努力！」螺絲狗肯定地說。
「我會記住我們倆一起藏過的食物在哪裡，我會讓大家知道，我
們倆在一起，是……」
「是天造地設、無與倫比的一對！」松鼠幫螺絲狗說完。

編號23

螺絲狗拿出過去與郵差相愛時，記住每一條
路的方法，他沿路用自己的尿尿留下記號，
學螞蟻在去過的地方留下氣味……
他跟松鼠再次藏下他們的骨頭與松果，那一
場場愛的記號與記憶，被森林的動物注視
著。

編號24

「哈哈！螺絲狗，現在我們來找我們一起藏過的骨頭跟松果吧！」
松鼠開心地笑著。
螺絲狗正叼著一根骨頭準備埋下，他聽到松鼠這句話，回頭，叼
著骨頭，走向松鼠。
但螺絲狗的眼神奇怪，突地，他的骨頭從嘴巴虛脫地落下，落下
的這刻，他恐懼地望著松鼠。

「怎麼啦？螺絲狗？」松鼠放下他的雙手，眼巴巴地看著螺絲
狗，這個傻呼呼的愛。

編號25

「我忘記了！我還是忘記了。」螺絲狗支支吾吾地說出了實話。
因為根據Discovery頻道報導，松鼠跟狗一樣，都有一個問題，
就是──他們都會「忘記」他們藏的食物在哪裡！
因為這是本能、這是天性。

螺絲狗退後了兩步，地上掉落的那跟骨頭也沒撿起，然後在一棵
樹下，緩緩坐下。這是他第一次見識到自己再怎麼努力為一場
愛，也是沒用。
並且，他也安慰不了松鼠的哭聲，直到松鼠哭得越來越遠、連聲
音都再也聽不到。

松鼠再也沒有回來過，就像他們一起埋過的骨頭。

編號30

螺絲狗愛上一隻飛鳥了！
我每次聽到螺絲狗講起與飛鳥的相遇，都難忘那個畫面。
那天，天，藍得無辜。
飛鳥正停在一顆石頭上，整理一身的羽毛。
四周安靜，連風都沒有。
螺絲狗被那場安靜所吸引，正要緩緩地靠近。

地上的一隻地鼠，衝出地面跟螺絲狗說：「你不要太靠近他，他
會飛走的！」
果然飛鳥展翅飛起。
那是飛鳥第一次與螺絲狗對望。
螺絲狗說：「他沒飛走，是天在動，地在搖！」
這是螺絲狗愛得最像詩人的一次。

編號31

那是一個每天早晨都有飛鳥動人歌聲的開始。
你知道飛鳥為什麼願意跟螺絲狗在一起嗎？

居然是因為螺絲狗的歌聲。

我不知道你是否看過一隻狗發出一聲：「啊嗚──」的表情。
每一條狗發出「啊嗚」的那種表情，都會揚頭，整個喉嚨都跟那
附近的肉一起震動，狗的嘴型因為跟著要咬合出「嗚」這個音，
顯得整張臉很老，很呆！
當然，螺絲狗也一樣。
他嘟嘴的樣子比任何狗都更呆，且眼神更認真。

一隻狗的歌聲居然會追上天生一副好歌喉的飛鳥？

這是真的！
飛鳥說：「你唱歌的樣子，讓我想起了風。」
飛鳥說起了風，就有一種猜不透的表情。
「風最驕傲了！他載著我們飛翔，他以為這世上只要有他，沒有
到不了的地方。你看不見他的樣子，他卻掌握著你。他認為他的
存在就是驕傲。」

螺絲狗喜歡聽飛鳥說故事，不知道為什麼那些故事，或那些過
去，讓他很有安全感。
「他經過森林的時候、經過門窗的時候，就會發出跟你一樣那種
『啊嗚』的聲音，並且震動周圍所有東西，那種聲音好驕傲、好
令人害怕，但你的不會。」

編號32

「但你的不會!」螺絲狗聽到飛鳥這句話,完全就樂暈了。

但老實說,不只地鼠,大家都不看好飛鳥跟螺絲狗這段感情,那是一個生活領域原本就差別太大的組合。

或許這就是愛情的魔力,可以讓一切都有可能。

你怎麼能拒絕一隻飛鳥享受奔跑的樂趣呢?

飛鳥最喜歡乘坐在螺絲狗的背上,讓螺絲狗載著奔跑,那是風給不了的。飛鳥喜歡跟螺絲狗一起合唱,那也是風給不了的。

那天,不知是否跑得太累,所以感覺週遭一切都火熱起來。

螺絲狗知道為什麼,他舔了一下自己的手,然後舉在空中。

「沒風了!風停了!」螺絲狗一講完,就吐著大舌頭喘氣。飛鳥一聽到這句話及看到螺絲狗的表情,就笑了。

「再驕傲的風,都會停留,因為,他看見你笑了!」

飛鳥為螺絲狗唱起了第一句,螺絲狗接著哼了起來……

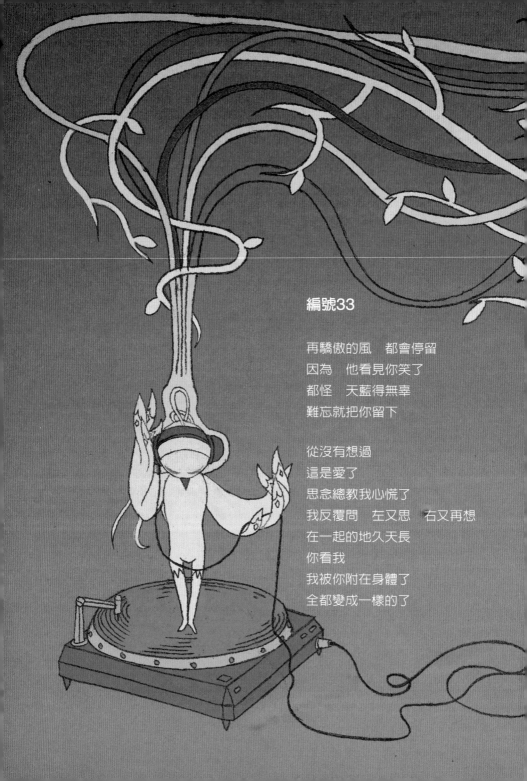

編號33

再驕傲的風　都會停留
因為　他看見你笑了
都怪　天藍得無辜
難忘就把你留下

從沒有想過
這是愛了
思念總教我心慌了
我反覆問　左又思　右又再想
在一起的地久天長
你看我
我被你附在身體了
全都變成一樣的了

我有你傻笑的臉色
還有眉頭總為誰鎖著
我完了
咒語全沒效了
寵我的是你總捍衛的
我想著的是你想的
呼吸著你呼吸的
我完了
矜持全弄不見了
回頭了
就被你征服了
深怕你樣子多了
迷失就跟著來了
附在你身體了
附在你身體了

編號34

這首歌在森林裡很快地流傳起來，
叫做「附身」。
它讓很多不可能的愛情，變成有交往的可能。
甚至，
讓大家都相信，
只要有了愛，
兩個多不相同的人，
都會變成一樣的。

就像螺絲狗認為自己會飛，
飛鳥認為自己會跑。

編號39

那個夏天，螺絲狗與飛鳥的愛情，絕對沸騰。

你不覺得，每個人只要一講到自己所喜歡的，那種表情都會洋溢著幸福？

螺絲狗只要跟我提到飛鳥，他的表情就是幸福。

但我似乎在這邊預告了他跟飛鳥的感情，只是一段。

沒錯，飛鳥是離開了螺絲狗，但是是以一種我也沒想到的結局。

1.絕對不是因為風。

若是因為飛鳥仍眷戀著風，這場與螺絲狗的愛，只會更加渺小不堪。

2.絕對不是因為螺絲狗的憨傻愚蠢。

若是因為這樣，彷彿詛咒螺絲狗一輩子沒有得到真愛的可能。

3.更不是因為誰有了新歡。

一場原不被森林祝福的愛，後來因為他們彼此相愛的歌而在森林流傳，最後若是因為彼此變心而寫成結局，不只對主角不堪，連對原本著迷的所有生靈，都會是一個最慘的玩笑。

那是什麼？

我看著螺絲狗。他把頭習慣性地撇向他的右邊，我不知道什麼時候這條狗有了憂鬱的表情，但我知道他的眼神有一種——你不在其中的孤獨。

讓我們回到編號35。

編號35

飛鳥最會用自己的嘴，去細細整理螺絲狗那一身狗毛。螺絲狗從
未享受過這種觸感，如此溫柔，又是那麼會唱情歌的小嘴。
飛鳥也喜歡給螺絲狗保護著，窩在他的胸懷，渡過每個黑夜。
這樣溫柔地彼此照顧，讓飛鳥開始想像所謂的永恆。

溫柔，能讓一隻飛鳥停留下來。

但愛很奇妙，愈是認定要愛了，卻愈怕自己會失去這份愛。
尤其是從未為誰停留過的飛鳥，深怕這場為彼此守候的忠誠與溫
柔，在未來那一天變了卦。
飛鳥看著酣睡的螺絲狗，起了一種心疼的責任。
「或許愛情的定義是照顧，是長遠的照顧。」飛鳥這樣告訴自
己。

編號36

飛鳥眼看夏天就要結束，想帶螺絲狗去看懸崖邊的楓樹及海洋，
那是夏天跟秋天會有一種特別的蒼茫景象。
螺絲狗跟著飛鳥飛翔、飛鳥跟著螺絲狗跑步，一聲聲「啊嗚——」
配著一聲聲婉轉的旋律，他們衝出了森林，衝到了懸崖。
就在這一刻，飛鳥飛出了懸崖，而螺絲狗趕緊煞了車。

「天啊！太美了！」

編號37

他們同聲發出這個驚呼，但是螺絲狗是因為看到飛鳥完全展翅在
峽谷上空的美，而飛鳥是因為又看見了這片海洋。

但飛鳥一回頭才發現，螺絲狗是不能跟來的。

編號38

螺絲狗站在懸崖邊，喘氣地望著飛鳥微笑。

編號40

「我想跟你聊一聊。」
飛鳥一邊發抖一邊說著。
螺絲狗溫柔地舔了一下飛鳥。然後飛鳥就哭了。

「我，我想跟你分手。」

這一刻，森林都安靜了，即使很多動物都知道，會走到這麼一天。
但是大家都安靜得有點心驚膽跳。
飛鳥仍哭泣著：「我覺得我不能再這樣愛下去，因為我永遠都會欠你一個擁抱。」
「什麼？」
「我永遠都會欠你一個擁抱。」飛鳥再重複了一次。
沒錯，因為飛鳥永遠沒辦法給誰一個擁抱，因為展翅的那刻，都是要高飛的。

「我若永遠沒辦法給你一個擁抱，到老了那天，你都不會快樂的。」

螺絲狗傻傻地看著彼此這場談話。

「但你，但你一定要答應我，要找到一個好好愛你的……，因為你比我勇敢，你能夠聽我每一個夜晚說出自己的害怕、恐懼，我也好怕從此以後沒有了你，我會不會受不了孤單，但你答應我，要找到一個可以擁抱你的，可以好好地抱你，就像你抱我一樣，千萬不要為我的離去而哭泣。」

說完，飛鳥哭倒在螺絲狗的懷裡。

螺絲狗為了要在他愛人面前，依舊保持自己最棒的樣子，拚了命地點頭答應。以致於到後來飛鳥真正完全消失在他視線之後，他都沒有哭過，甚至連眼淚也沒有，更甚至，就是一直在喘著氣，所有森林的動物都以為，他是一邊堅強，一邊答應著飛鳥的承諾而微笑著。

編號41

直到有一天，天空中飛來一根捲曲的羽毛，停留在螺絲狗的鼻頭上，這根羽毛，讓螺絲狗打了一個好大的噴嚏，甚至噴出了眼淚。

那天，我們才聽到在飛鳥離開多日之後的第一聲哭泣，而且是，嚎啕大哭。

編號69

螺絲狗愛上水手了！

「你知道從這裡到海面上那一艘船的位置嗎？」水手問螺絲狗。

螺絲狗搖頭，他想，他可以望見一根骨頭在陸地上的位置，然後
飛奔而去。
但是，要掌握漂浮在海面上的一艘船的距離，根本是不可能的。

浪花拍岸的位置都會變，一艘船在海上的距離，怎麼能掌握？

「我可以知道。」水手說完，馬上說出了距離。

螺絲狗也不知道水手說的到底對不對，但是，願意帶一隻沒有鰓
的狗到那片海洋上，是螺絲狗最大的感動。

我想，你應該想起編號第68個故事了。

編號70

於是，他們倆有了第一次的出海。

螺絲狗因為興奮所以一直向大海的視線望去，以致於當他想要回頭的時候，早已看不到當時出發的岸邊。

當螺絲狗為曾逝去的愛情殷切尋找，一回頭卻看到昂揚的水手，螺絲狗突然心裡有了無比的感動。

海洋是一個長得一模一樣的空間，水手，成了螺絲狗唯一的路標。

編號71

螺絲狗跟水手有一張夫妻臉，就是他們倆都會昂揚地看向遠方。
這天，水手將船開到了海中央，任飄搖的海浪擺盪船身。
陽光籠罩大海與船上的他倆。
海洋給了他倆一種消遙卻平靜的暈眩，他倆就算閉上雙眼，都可
以感覺到全身飄蕩在一團光裡面，浪花讓船擺得輕飄盪漾，好像
魂魄跟身體都分開了、飛揚了……
螺絲狗知道，這場恍惚不會讓他死亡。
不知道這是不是就算接近了上帝、靠近了天堂？

螺絲狗這次第一次感覺到，愛可能也是一種對於恍惚的沉醉。

編號72

我很少聽到螺絲狗跟我說水手在這場愛裡曾說過的話。
螺絲狗說，水手是一個眼睛像海水一樣，有時安靜地反射著陽光
燦爛，有時陰暗得像沒有終點的遠方的強壯男人。
這場愛本身就具有恍惚感，螺絲狗每次說的時候，都讓我有恍惚
的感覺。

「那水手喜歡你哪一點呢？」

水手喜歡螺絲狗喘氣時面帶的傻笑。
螺絲狗一笑，那海水一樣藍的眼睛就像有了浪花。

「還有呢？」我問。
「回頭。」

我說什麼？什麼回頭？
螺絲狗說，水手喜歡螺絲狗回頭，然後，看著他。

原來，狗天生除了喜歡昂揚望向原方，他們最會的就是回頭。

回頭看著你，跟上了沒？
回頭看著你，這一切對不對？
回頭看著你，然後才能再回頭走下去或是跑下去。

說得也對，誰會回頭看一個水手呢？尤其是在一望無際的海洋
裡。

編號73

很快的這場愛有了一次驚濤駭浪。
螺絲狗只能窩在水手的腿邊，並且將自己的呼吸及身體隨著水手一起擺動。

水手那雙握著輪舵的手臂，完全能掌握這片海洋何時浪高、何時狂風、何時暴雨……甚至何時會有彩虹。

「為什麼你能掌握海浪？」螺絲狗問了水手。
「因為我一直看著前方啊！」這也難怪，水手眼睛永遠就是一片海洋。
「我爸爸告訴過我，你從哪來不要緊，但你不能不知道，你要去什麼地方！」水手沒有媽媽，有一個帶他一直航海的爸爸。
「那你爸爸呢？」螺絲狗又問。
那雙海洋的眼睛，沒有給任何答案，想問的問題，就像沙灘上的腳印，剛深刻地踩下，又被美麗的浪花撫平。

編號74

「住過海上的人，便不會再對變化萬千的感情感到不適吧？」

我還沒來得及回答螺絲狗這個問題，螺絲狗又問了第二個：
「但為什麼，上了岸，他們還是飄蕩？」
螺絲狗又問了第三個問題：
「什麼是水手最後要去的地方？」

這場恍惚的愛讓螺絲狗學會問很多的問題，但很多答案我都回答不出來，但，我可以先告訴你一個答案：水手終究沒跟螺絲狗在一起。

如果奔跑是一隻狗的樂趣，海洋終究不能滿足螺絲狗奔跑的慾望。
海洋能夠讓你馳騁，就是不能讓你奔跑。
但這應該不是水手沒跟螺絲狗在一起的真正原因。

這些問題，也不是螺絲狗自己想出來的，是那些曾經愛過水手的人問螺絲狗的。
螺絲狗因為聽過這些問題，也開始想找這些答案，但愛情真的就是這麼經不起懷疑，一旦懷疑在彼此間停留，怎麼樣都會讓相愛的彼此分開。
為了把握這場愛，螺絲狗告訴自己，若要馳騁在海上，就要放棄奔跑的樂趣。
若你能跟水手一起飄蕩，那你就是水手的家，水手將永不再被人誤會。

但是驚濤駭浪不會只有一次，在海上螺絲狗經常瘋狂地吐，幾乎面臨死亡。

一天在海中央，回不去的夜晚，螺絲狗被水手撫摸了一整夜。

編號75

「你等我。」水手這一次讓螺絲狗在岸邊等他。
不知道為什麼，螺絲狗感覺水手的眼神裡有了牽掛。
螺絲狗看著水手，看著這場牽掛，答應了這場等待。
螺絲狗眼看著船離開碼頭，於是跑上山頂，望著水手的船離去。

螺絲狗跟我說：「那天的夕陽像一顆恐怖的大石頭一樣，掉到海
裡讓海都流血了！」
螺絲狗覺得這是一個不祥的徵兆，於是決定留在山頂，繼續望著
海洋。
這讓他想起了他曾經愛過一座雕像。

編號26

螺絲狗愛上雕像了。

你知道為什麼嗎？

因為，一隻狗最會的就是等待，怎麼會有比他還會「原地等待」的人出現呢！

「你在等誰？」螺絲狗因為剛跟松鼠分手而難過著，想說總算看到「同是天涯淪落人了」！

「我沒在等誰！我是讓誰來看我！」

這句很妙的回答，讓老是處於「等待」的螺絲狗有一種被激勵的快感。

「那誰會來看你？」就當螺絲狗把這句話說完，天啊！一堆人湧向了雕像，他們拿起相機拚命地對雕像拍攝，並且開心地與雕像合照。

這已經不是一座「原地等待」的雕像，根本就是一座「英雄」！

編號27

「我能跟你一樣，成為一座讓人來看我的英勇雕像嗎？」

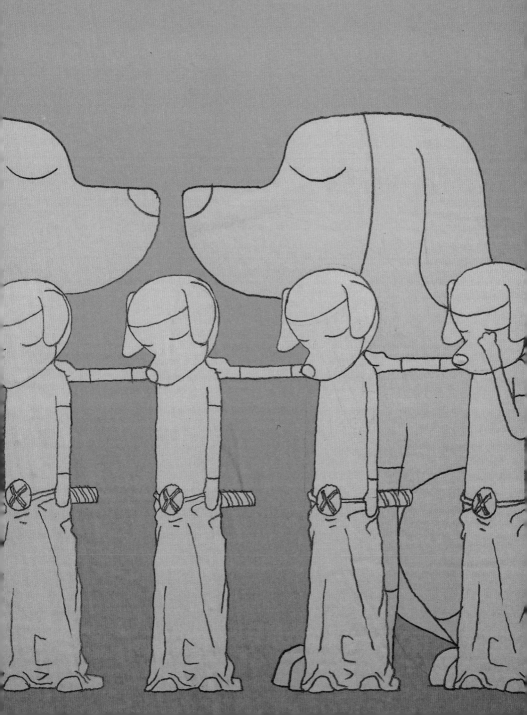

螺絲狗正模仿著雕像英勇的姿勢，這麼一說完，馬上就摔了一跤。

「你最好不要成為一座雕像！」雕像的表情永遠英挺，臨危不亂。

「為什麼？」

「我以前也為自己的樣子而驕傲著，但說穿了！我們也只是以一種一絲不掛的方式供人欣賞！」

「任何人都可以來撫摸我、讚嘆我，但我永遠不是他們今晚最後的目的地！」

說完這句話，雕像的表情還是英挺，臨危不亂。

「我會陪你！今晚你是我最後一個目的地！」螺絲狗說完，夜晚也來臨了。

編號28

「狗天生就要會保護主人，所以，我先睡個16分鐘，你好好地給我練習一下！」
松鼠一說完，螺絲狗才發現，原來是一場夢。

下一場愛的來臨似乎總是彌補前一場愛的傷痛，螺絲狗抬頭看著月光灑在相愛的雕像臉上，雕像的表情還是英挺，臨危不亂。

「謝謝你保護我！」螺絲狗幸福地說著。
「明天，我將被取代！」雕像回了螺絲狗這句話。
「你說什麼？」

編號29

「殺！」
只見一根繩子變成了圈套，這圈套套上了雕像的脖子。一群人用力憤怒地狂扯雕像的頭顱，5秒後，那顆頭當場被拉斷，掉落地上滾動。

那張臉依然英挺，臨危不亂。

「我們不需要這種偶像！讓新時代不再被錯誤的英雄誆賴歷史！」

眾人拍手叫好，鎂光燈的閃爍比過去任何一次都來得強烈。
螺絲狗嚇到失聲。
雕像接著被機器粉碎，那一刻，現場還響起了和平歡騰的歌聲。

編號76

想起雕像的這一刻，螺絲狗累得趴下了！
仍然沒見水手歸航，月光像那晚雕像跟他話別時一樣明亮。

螺絲狗想起雕像那晚最後說的話：
「一座雕像永遠無法擁有自己的靈魂，雕像的靈魂是被來看的人
認定的，你千萬別做一座雕像，因為最美好的，不是形體的永
遠，是當時的那一刻，是靈魂！」
螺絲狗試著想起他跟水手的每一刻，但一片空白。
月光下，螺絲狗發出了一聲恐怖的哀嚎。
這聲哀嚎並沒有讓世界停止轉動，夜浪依舊照原本的節奏拍岸，
螺絲狗的哀嚎更加大聲⋯⋯
你還記得螺絲狗這輩子第一次哀嚎是為了誰嗎？

編號41

螺絲狗愛上復仇狗了！
那天因為想起了「飛鳥」而痛哭失聲，失魂的他，差點被路上的
汽車壓死。
是復仇狗救了他一命。

編號42

螺絲狗清醒之後，看見復仇狗正在舔自己的傷口。
「你為了救我，受傷了？」
「不是，這是舊傷口！」
說完，復仇狗便起身，面對著螺絲狗前方的天空。

「好好照顧自己，這條路，不是你該走的，危險。」
復仇狗話說得簡短，卻饒富涵意。
「我要是能飛就好了！」

當復仇狗聽到「能飛」兩個字的時候，他回頭，認真地看著螺絲
狗。
螺絲狗其實並沒有想要回答一句「饒富涵意」的話，但他真的是
因為知道了自己不能飛，才追不上飛鳥。

但這句話卻使復仇狗覺得螺絲狗有趣！

「你從哪裡來？為什麼有這麼怪的尾巴？」
「我不知道為什麼我有這麼怪的尾巴？就像我也不知道為什麼被
責怪的總是我。」
兩條狗一陣沉默。

「我因為這條尾巴，所以被叫做螺絲狗。你呢？」
「誰養我，就會給我一個新名字。」
「所以你有幾個名字？」
「我不想記得我過去的名字，我現在告訴我自己，我是一條復仇
狗，我活著的一天，就是為了要復仇。」

編號43

他們倆停在原地不動。

復仇狗從此不再去別的地方，只在原地守候。

「從此是什麼意思？」螺絲狗可問到了重點了。

或許是從沒有誰關心過「復仇狗」為什麼從此就在原地守候，當復仇狗說出第一個字的時候，便流下了眼淚，全身顫抖。

那時，復仇狗愛上了小花狗，在一次決定為彼此一起走下去的念頭下，他們在這條公路上快樂地奔跑，沒想到一輛也是滿載歡樂的車，呼嘯而過，當場輾過小花狗的胸膛，鮮紅的血泊讓小花狗的花朵都變成了紅色的玫瑰，朵朵帶刺……

「沒有一輛車停下！」復仇狗憤恨的淚水並未淹沒他吐出的每一個字。

「所有人視而不見！」復仇狗拖著小花，並埋了小花，用一根骨頭做了那晚的陪葬。

「從此，我就決定，再也不去任何地方，我要等到那輛載滿歡樂的車……」

螺絲狗不知道哪裡來的勇氣，給了復仇狗一個好大的擁抱。

編號44

隔天，果然出現了一輛歡樂的車，復仇狗果不其然地衝上車前狂吠，那輛車瘋狂的煞車，一車尖叫，車果然停住了！

駕駛座迅速地打開，復仇狗立刻跑走，剩下螺絲狗在旁邊驚嚇地看著，駕駛人凶狠且慌張的走向螺絲狗……

「流血了！快，有人流血了！」車內又傳出驚呼！

復仇狗的尾巴在遠方給了一個很大的微笑。

編號45

「他們恨你，你看見了嗎？」復仇狗跟螺絲狗說。
「你若不還擊，就是你被宰掉！」復仇狗再跟螺絲狗說。
「你可以做一個被欺負被同情的好人，但好人只是用來被憐憫
的！」復仇狗說完，螺絲狗半句話也回答不出來。

編號46

每個夜晚，復仇狗都有夢，復仇狗不是帶著恐懼地低吼，就是某種重逢地哭泣。
「你幹麼看著我？」復仇狗被自己的夢驚醒，卻看著眼前與他對望的螺絲狗。
「我在想，我是該搖醒你，讓你停止低吼，還是讓你繼續在夢裡跟誰重逢。」
兩條狗看著寂寞的公路。
「我守著你好了！」復仇狗低聲地說了一句。
「我只有守在這邊，小花才存在著。」
「那不是為愛而存在，是恨！」
後來，他們倆的影子重疊在一起，但身體沒有。

編號47

爭吵於事無補。

第二天，螺絲狗仍是跟復仇狗嚇著每一輛在公路上載滿歡笑的車。

終於，一輛車被他倆突如其來的狂吠，全車失序，翻滾爆炸。火光像復仇狗的充滿鬥志的眼神，卻燒得螺絲狗一臉茫然。

此刻，一輛警車停下，沒錯，他們想抓復仇狗跟螺絲狗。

復仇狗眼見螺絲狗要被警察抓住，復仇狗衝向螺絲狗身邊要保護他，這個舉動讓警察吃驚，反而讓他倆逃脫。

警察並未得逞，卻證明了復仇狗對螺絲狗的愛。

但，就從今晚，復仇狗與螺絲狗不知道他們已成為全城通緝的惡犬。

編號48

「成功了！我們成功了！」復仇狗這麼開心地說著。

可是螺絲狗覺得異常的孤單與恐懼，好像有了一點領悟之後，又陷入了一個巨大的矛盾。

「警察在追我們的時候，我只知道往前跑，但我不知道我們在跑什麼？跑到哪裡去？」

這次復仇狗沒回答螺絲狗的話。

對啊！這兩條狗最後要跑到哪裡去呢？

復仇狗追尋一場復仇，當復仇結束了之後呢？

復仇完就可以接受另一場愛嗎？

或是說，就結束了復仇狗跟小花狗的愛？

這個夜晚，多的是趕路及覓食的動物，他們看到復仇狗，都有一種避而與遠之的表情。

「我們為什麼不跟著他們也一起走下去？那不是你原本跟你的小花最想去的地方嗎？」

我覺得螺絲狗其實更想說的是——若是我們一起去了遠方，不就可以享受在一起的快樂。

但螺絲狗仍然不爭氣地說了「小花」，而且是「你的小花」。

「你有一天，會到達生命裡的另一個階段……」復仇狗慢慢地說著。

「就是你認識的人裡，死人比活人還多，而且，心靈已經拒絕更多的面孔，更多的表情……」

「我聽不懂，我只知道，前面是一條你還沒去過的路，你還沒去過，我也沒有！」

螺絲狗突然狂喊出來。

「你。太。嫩。了！」

對不起，這句話一說完，發生了一件螺絲狗一輩子都在嘗試忘掉的恐怖畫面──一輛呼嘯而過的車，當場把復仇狗撞死。

編號77

這是等待水手的第6天了,螺絲狗的身體跟岩石變成相同的影子,在月光及烈日下流轉著。

這天他想起了復仇狗所說的「守在這邊,小花才存在著!」這句話的道理。

所以,現在螺絲狗是應該離開繼續走下去,還是繼續守在這邊,證明任何事情曾存在過呢?

編號78

螺絲狗夢到水手了。

螺絲狗說，那是一種最極致恐怖的惡夢。

這夢的恐怖，不是掉落在什麼場景，也不是跟什麼妖魔鬼怪拳打腳踢，而是空虛，被空虛嚇醒。

他夢到水手回到他的身邊，冷漠地說：「我走了。」

然後自己立刻無法動作地漂浮在空中，所有的物體以比重不對稱，或比例不符的邏輯在身邊漂浮。

重鐵跟房子漂浮在空中、棉花壓在地上，螺絲狗徒有身軀，卻空了心。

然後，水手又回來螺絲狗身邊了，螺絲狗說：「你去哪了？」

水手冷冷地回答了一句：「我去喝酒。」

然後眼神裡面一片海洋也沒有，像是枯乾的空洞。

而螺絲狗很清醒地在夢裡意識到自己一點聲音都喊不出來。

空虛不安的夢，無須任何驚恐的情節，就是意識到空虛，意識到空虛就會驚醒。

編號79

今天，螺絲狗決定向天禱告。

求你賜給我勇氣，嘲笑自己的慌張和不安
賜給我足夠的體力，面對這等待的時間
也求你幫助我能以「今天是最後一天」的心情感恩
讓我看出何謂仇恨
但求以愛充滿我，他能使陌生人變成朋友，幫助我這隻微小的狗

禱告完畢

我沒問為什麼螺絲狗要跟天說這些，但我好奇，是誰教他禱告
的？

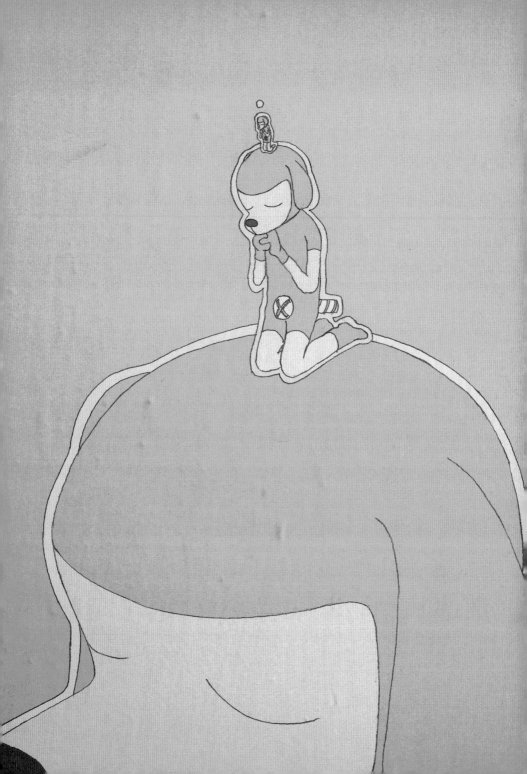

編號49

螺絲狗愛上馬戲團的馴獸師了！

復仇狗一死，螺絲狗憂傷的哀嚎，讓警察發現了他的蹤跡，媒體
聞風而致，大家猛拍已被撞死的復仇狗，也將螺絲狗視為唯一活
著的殺人兇手，憤恨地拍著螺絲狗的照片。
媒體的閃光燈讓他暈眩，像是一包包炸藥，震破胸膛。
螺絲狗近乎瘋狂，他全身被綑綁，掙脫無效，卻也死不了。

醒來的這一刻，他聽見一個馬戲團的馴獸師在為他求情。
「給一隻狗機會，就是給人類一個機會！」所有媒體的鎂光燈向
馴獸師閃耀。
「那你對這隻狗有什麼打算？」媒體像討一個公道似的質詢著。
「我要讓他變成帶給世界上最歡樂的狗！」
那一刻，螺絲狗進入了他一輩子都想像不到的世界中。

編號50

「這是全世界最會小心翼翼而且最會倒立的大象、這是全世界最
會做家事的黑猩猩、這是最懂得甜蜜蜜的黑豹、這是永遠微笑還
會算數學的海豚……
這是你,可以跳芭蕾舞、可以唱歌、可以飛翔……的螺絲狗。」
這是打扮著像閃亮的星星的馴獸師跟螺絲狗說的話。

「你應該被全世界的人們在夢裡都想夢見,因為在夢裡看見了
你,都會微笑!」

編號51

「生命就不該浪費在那些不需要的東西上!」

馴獸師這樣告訴螺絲狗。

「但你需要的是什麼?」馴獸師這麼一問就把螺絲狗問倒了。

這時候,馴獸師拿出了一根香噴噴的骨頭,然後,他奮力一丟,螺絲狗飛奔而去。

我覺得,這場愛絕對跟馴服有關,螺絲狗想起那根骨頭時,眼睛都會發亮,更不用說他追著那根拋出去的骨頭時的衝勁。

可是真好玩,這根骨頭螺絲狗一直都追不到,每當即將到手,這骨頭就彈跳起來,然後又甩出去。

這是馴獸師給螺絲狗的第一課。

骨頭至始自終都被線吊著,所以螺絲狗當然追不著骨頭。

「狗會一直死命不放地追著東西跑,但貓不會,貓會去找方法。」

這下螺絲狗停下來了。

「請你教我方法。」

馴獸師被這個回應感動,一個馴獸師最不缺的就是方法,最缺的就是願意被他馴服的動物。

編號52

果然這個馴獸師有全世界最棒的方法，這個方法就是他要螺絲狗知道──什麼是快樂？

因為馴獸師相信，若沒有快樂的計畫，痛苦就會──趁虛而入。

編號53

別說你不相信，螺絲狗真的學會了歌唱。他的成名曲「啊嗚！」讓他想起了跟飛鳥在一起的快樂。

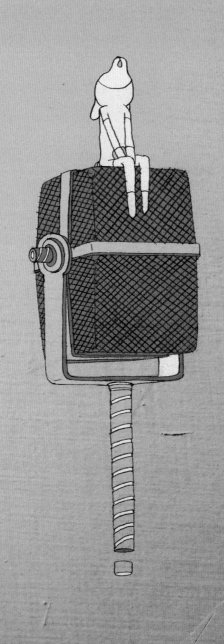

編號54

當然螺絲狗也學會了芭蕾舞，那是因為他想起跟郵差在一起時，
面對眾人給的擁抱與旋轉。

編號55

哈哈!螺絲狗終於決定要學會飛翔!
他先幻想自己跟松鼠一樣爬上了高聳的樓梯,然後然後,即使他
害怕高度,他會想起一直重複練習的螞蟻,他要想像自己是飛鳥
……

編號56

馴獸師因為螺絲狗喊出了動人的證明：
1.我的信念，決定了我的命運
2.教育是改變你的思考模式
3.訓練是改變你的行為模式
4.如果沒有快樂的計畫，痛苦就會——趁虛而入。

所有人都在宣傳這個改變，這個能夠迎向成功，讓一隻狗都能飛翔的改變。
「不是我馴服了這隻狗……」當馴獸師這麼一說出口的時候，他眼睛裡泛著淚水，「是這隻狗想重拾快樂的一切，那些快樂，那些夢想，馴服了我，讓我們敢繼續往前、繼續往上爬。」
媒體感受到這股動人的力量，決定用照片、影像、聲音……一起讓馴獸師跟這條想要快樂的狗，感動世界。

現在距離明天的演出，剛好是最後24小時。

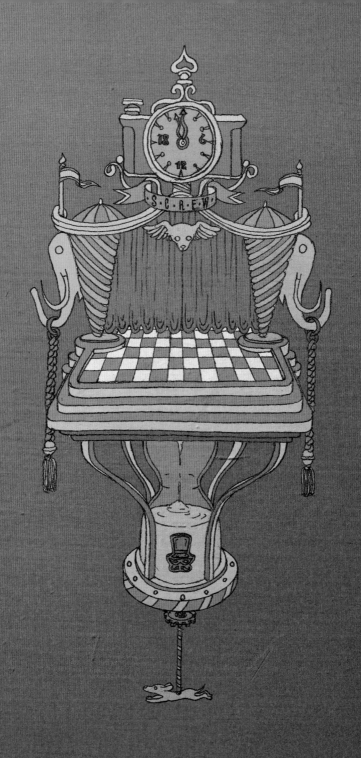

編號57

這應該是螺絲狗這一生最受眾人矚目的一次。他盛裝出場的那一刻，就讓全場觀眾及動物都為他起立。

螺絲狗在眾人屏息下爬上了高台，準備進行空中飛人般的飛翔。所有媒體準備好按下他們的快門，就在螺絲狗奔騰躍出凌空的那一刻——唉！

我怎麼跟你一樣都看到了這個難忘的畫面？

螺絲狗墜落了！

他沒有飛翔起來，鎂光燈閃進他的雙眼，面對失去復仇狗那一刻的痛苦記憶，逼進他的腦海。螺絲狗的螺絲甚至戳破了他墜入的氣墊，氣墊洩氣的聲音，還抵不過全場的嘆息……

編號58

隔天報上登最大的照片，居然還不是螺絲狗失重的那一刻，而是
馴獸師幾近崩潰吶喊哭泣表情。

編號59

螺絲狗就這麼離開了馴獸師。
因為他面對不了馴獸師的哀傷，更甚至應該說是自己的失敗。
他們學會了怎麼一起攻頂，卻沒想到，其實下山更難！

編號60

就在離開的這一天,螺絲狗在路上發現了一條蛇。
這條蛇居然一直在磨蹭著一顆石頭。
「你在幹麼?你快讓自己全身都受傷了?」螺絲狗吃驚地問。
「呵呵!我在脫皮了!我脫完皮,又是一個新樣子了!」

編號61

螺絲狗愛上一條蛇了!
因為蛇正教會他如何蛻變。

「你知道嗎?當母獅子看到自己的小獅子死掉時,她會做什麼嗎?」
「她也會去磨著大石頭嗎?」

「傻瓜,姿勢只是一種模仿,要學就要學每件事情真正的勁道在那邊!」蛇說起話來還真的跟馴獸師有得比。

「母獅子會趕快去跟另一隻公獅子交配!」
螺絲狗聽完大吃一驚。

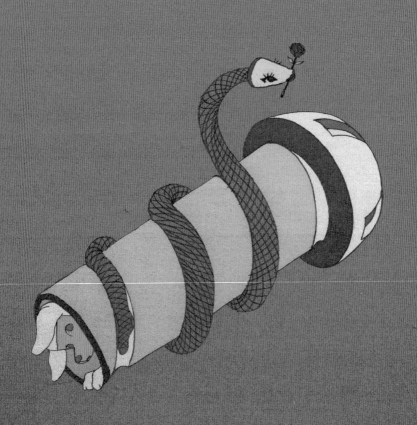

編號62

於是蛇把螺絲狗團團圍住，好表示自己對螺絲狗的愛意。
但很奇怪，螺絲狗只有更懼怕。

「你不愛我！」蛇如此抱怨！

「當你發現綁在一起的身體並不會有愛的時候，你就該覺悟！」
蛇倒是看得很開，並且很知道自己要的是什麼。

這場愛很短，卻讓螺絲狗無法忘記。

編號80

還是要面對一件事情，螺絲狗已經等了水手第八天了！

我不知道你最長一次的等待是多久？

那一次的等待，會沉澱出多少東西出來？

多少希望？多少恐懼？多少愛？

第八天岸上漂回一具身體，沒錯，是水手的。

水手這八天從未背叛離開過這片海洋，只是待得太久。

螺絲狗飛奔到水手面前，這已經不是他第一次面對分離及死亡，

但他居然沒放棄地想舔醒眼前的水手。

當他舔開水手的領子，舔到了水手的喉結，他看見自己的鈴鐺，

早在不知道什麼時候，已掛在水手的胸前。

水手沒被舔醒，螺絲狗卻越來越清醒。

清醒之前有過的恐懼，有過的懷疑……

編號81

最後有人幫忙處理了水手的一切，螺絲狗也見證了一切，喪禮中，水手的生平在牧師口中陳述，螺絲狗才知道，水手的父親也死於海難。

「天父啊！求您帶領著在海洋中一直往前的水手吧！讓他一直往前航向大海不曾懷疑的夢想，跟他天上的父親重逢吧！天父啊！可能一直往前會讓我們經不起風浪，但當您帶我們看到您帶我們到達的天堂，我們將不再懼怕！」

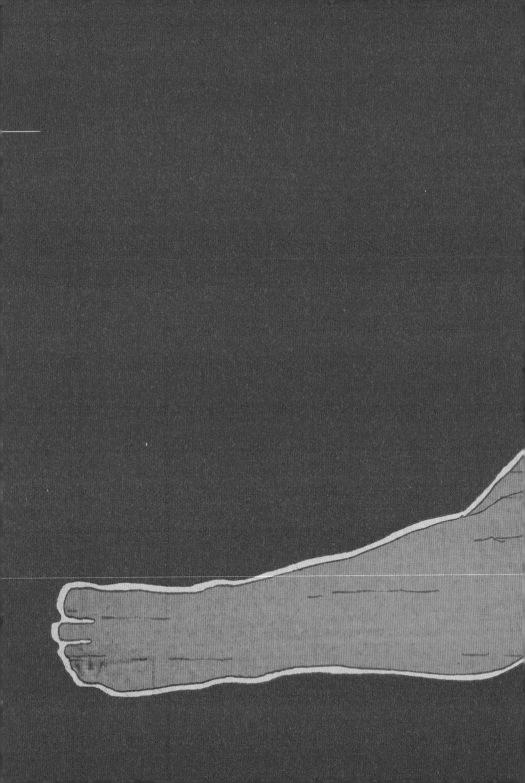

編號82

螺絲狗在低頭看著水手埋下時，發現地上有一個跟他一模一樣的
臉。
他從來沒看過一張跟他一模一樣的臉。
可是，為何這張臉，如此的蒼老及哀傷？

「帶我走吧！」鏡子這麼發出聲音，哀求著螺絲狗。

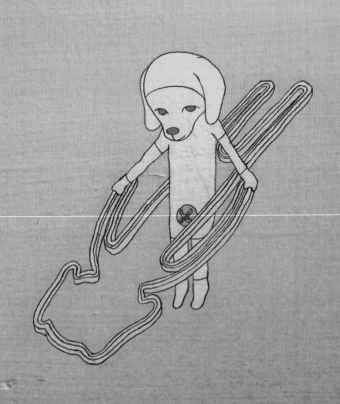

編號83

螺絲狗愛上鏡子了。

你一定以為，這或許是一場「自戀」的愛情遊戲，但我發現當螺絲狗告訴我這場愛的時候，我特別覺得自己的可悲。

螺絲狗問我說：「你照鏡子的時候，看到的你，是真正的你嗎？你打扮成是你自己喜歡的樣子呢？還是別人喜歡你的樣子？你會願意看著自己最不喜歡的長相、最不喜歡的……」

螺絲狗問的這些問題，一點惡意都沒有。

這些都是鏡子教他的。
因為那是一場愛，所以螺絲狗問我這些的時候，都是微笑的。
因為鏡子要他看到他自己。
鏡子甚至要螺絲狗去摸摸自己。
螺絲狗伸出他的手，往鏡子裡的他摸去……

就在觸碰的那一剎那，鏡子跟螺絲狗有了體溫。

「你摸的是我。不是你。」鏡子害羞地起了一場霧。
老天啊！那場霧像極了編號61，跟「愛情海的魚」相遇的那一場
霧。只是螺絲狗更確定，鏡子跟他都在這場霧有了心跳。

「你摸的是我，不是你。你要觸摸你自己。」

於是螺絲狗真的摸著自己哭過紅腫的雙眼，鏡子真的也跟著摸了。

「很腫不是嗎？」螺絲狗回應著點頭。
「我願意跟你一樣分享你的一切、你的情緒、你的回憶……」說到這邊，螺絲狗意外地笑了，鏡子也跟著笑。
「你需要這抹笑容，所以，我也跟著笑了！」

編號84

鏡子讓螺絲狗看到自己需要笑容，因為當螺絲狗笑，鏡子就會跟
著笑，鏡子一笑，螺絲狗就更開心，當螺絲狗擺出各種想成為一
座「令人仰望的雕像」時，鏡子也跟著擺出來。鏡子擺得好笑，
螺絲狗也才知道了自己有多好笑。
那些過去的愛即使傷心，也因為有鏡子的反映，一切都有所沉澱
……

「我們沒有那麼棒，但是……」鏡子躺在螺絲狗身邊說著。

這場愛的偉大，在於他能讓螺絲狗自己可以找到自己的出口……

「但是我們知道，是我們需要自己可以更棒、需要自己可以更開心、需要自己可以被需要……」螺絲狗聽著很快地看了一下鏡子，這一場對望，讓鏡子安靜下來。

螺絲狗看著鏡子，也感受到鏡子這麼需要被傾聽、被撫觸時的溫度。

我問螺絲狗，「那時」是一種什麼樣的表情？

螺絲狗安靜了，他望著我。

我以前沒看過螺絲狗的眼淚，我總猜想，一隻狗的眼淚，是否也會伴著哭聲，可是我那天沒聽到。
因為，螺絲狗的眼睛溼潤著，卻好像在微笑。
是因為看見自己那張「需要愛」的表情微笑？還是鏡子就是有一種讓螺絲狗能釋懷的微笑？

編號85

笑聲開始在鏡子跟螺絲狗身上蔓延。

當螺絲狗接受了自己一切的樣子，他便開始嘗試給自己更多表情，那種自信，讓他皺眉時帶著翹嘟嘟的嘴唇、張開大牙時瞇著細細的眼睛傻笑、站起來像個嚇人的大猩猩、搖著屁股跟尾巴跳著閃亮的肚皮舞的小潑猴……

嘗試彼此一切的可能，就會讓鏡子跟螺絲狗開心地大笑。

當你要給予的同時，你卻也得到了！
當你要讓他難過的同時，你自己也難過了！

「我要謝謝你！」螺絲狗這樣跟鏡子說。
「我要謝謝你！」鏡子當然也回了螺絲狗一樣的話。
「但我要謝謝你更多！」鏡子一說完，螺絲狗就把耳朵貼在鏡子上。
「你說，我聽……」螺絲狗的耳朵貼得更近了。
「因為你貼近我，我這面鏡子，才有了體溫，才有了呼吸，才有了心跳……，所以，是我要謝謝你！」
鏡子回應了好大一場霧氣，當然，那也是來自螺絲狗感動的心跳與沉沉的呼吸……

這場觸摸，雖然一開始冰冷，但因為也同時被觸摸，然後心就熱了！

夜裡的森林，有著貼著彼此入睡的鏡子跟螺絲狗，再也聽不到蟲鳴及貓頭鷹叫聲帶來的失眠惡夢，只有全世界跟著他倆的一起呼吸⋯⋯

編號86

但是，樂極總容易生悲。

螺絲狗自信地以為能帶鏡子去任何地方，享受各種感覺，於是他帶著鏡子奔跑，就在森林的一個轉角，一個看不見的窪地，絆倒了他倆。

對！

鏡子破了！

當場破了！

碎了一地！

編號87

那破碎的鏡子，卻像海上粼粼的波光，馬上盈漾了螺絲狗的眼淚！

「天啊！我的天！我要把你拼回來！」螺絲狗一邊哭，一邊找著所有的碎片。

「不要，千萬不要！」

「為什麼？」

「因為再拼回來，也不是原來的我了！」

「不會的！我以前是怎麼被你拼回來的呢？我以前被傷得體無完膚的一切都被你拼回來了，我一定也可以把你拼回來！」

「不可能的！我的階段性任務已經完成了！」

「什麼是階段性任務？」

「就是我已經讓你找到了你真正的樣子，並且你願意接受你真正的樣子！」

「那我怎麼能夠再失去？」

螺絲狗滿手是血，因為一片片破碎的鏡片竟像刀鋒一樣尖利，割傷了螺絲狗用力拼湊的雙手。

「我求求你，你別再拼了好嗎？你已經滿手是血了？我只會傷了你！我傷了你就再也不是我愛你的初衷了！」
「我不能答應！」
「我求求你！」

又一片利刃般的鏡片割傷了螺絲狗的手，但螺絲狗一點都不覺得疼。

「還差一片，還差那麼一小片！」

愛果然讓人勇敢，對嗎？
鏡子真的只剩小小的一片就要拼完了，螺絲狗用盡自己的嗅覺尋找那小小的一片，錯！根本就是一粒……

「我求求你……你已經鮮血滿地……你會被我拖垮的！」

這些哭泣，螺絲狗完全聽不到，因為螺絲狗哭得比鏡子還大聲，他用盡自己的嗅覺尋找那失落的一粒鏡子，果然……

編號88

「找到了！」

螺絲狗高舉著那粒如鑽石般光芒的碎鏡！
那聲呼喊，震破了森林的天空。
但大家只看到那隻肉肉的狗手，滿手是血。

「我要把你黏回去！」

此刻，螺絲狗黏稠的鮮血像是強力的黏膠，真的把所有破碎的鏡片——黏住、——復原……
但是，就在黏完的這一刻，這一面完整的鏡子，卻安靜了下來。
他們倆彼此凝望，破碎的鏡子，映著破碎的狗臉，歪曲扭八、邪惡蒼涼、疲倦得無地自容……

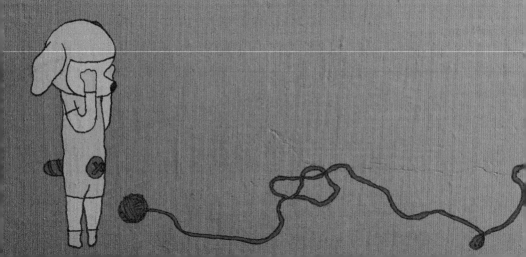

「我說了。黏回來，也不是你跟我了！」鏡子說的時候沒哭，但血一直從接縫裡流出來，那都是螺絲狗的鮮血。
「你還要接受一件事，就是我們都會離去。」螺絲狗低著頭像是跟鏡子深深的一鞠躬。

「我的好狗狗啊！我這一輩子，因為你而有了心跳，也因為你，有了一面鏡子真實的意義，我們倆，都值得了……」
鏡子身上那些來自螺絲狗的血不斷從縫隙中流出。

「把我埋葬吧！能親自被一場愛埋葬，是我最大的幸福了！」
「給我這個做鏡子的，最後一場尊嚴，讓我能夠，在破碎的時候，依然能有一張，微笑的臉。」

「好。」螺絲狗的那聲「好」好像一場哀嚎。

他親手埋了鏡子。

編號89

他親手埋了鏡子。
並未離開。
他睡倒在鏡子的墓前。
哭累了自己的身體。
鮮血汩汩地流，讓這墓的四週，冒出了一朵朵鮮紅的玫瑰。

編號90

「撲通！撲通！」
螺絲狗突然驚醒，因為他的耳朵聽到了心跳聲。
「那是你的心跳！」螺絲狗聽到這聲呼喊，他把頭埋近土裡，想聽鏡子是否復活了！
「那是你的心跳！」一抹雲這樣告訴他。
螺絲狗回頭看了天空，他看到是一抹雲，那抹雲正像一面鏡子的樣子，在天空軟綿綿地飄著。
螺絲狗再將自己緊貼著地面，果然繼續聽到了心跳聲，並且發現，不是鏡子的，是自己的。

編號91

「還好你活著！」
一抹像鏡子造型的雲這樣說著。
「你是鏡子飛天後的樣子嗎？」
「什麼是鏡子？」一抹雲問到。
「鏡子可以變成好多樣子，變成我想要的好多樣子，變成我，也
變成……」
「是這樣嗎？」一抹雲變成了一隻螺絲狗的樣子。
「我是雲，我是當你抬頭看著天空的時候，才會看到的一抹雲，
我是你們想像的樣子，但我不知道我這樣子是誰。」
「你現在是狗，是螺絲狗！」
螺絲狗看著看著雲，又睡去了！

編號92

螺絲狗愛上一抹雲了。

但雲不知道那就是愛，雲只知道自己一直變成螺絲狗想像的樣子，比方說：一條愛情海的魚、一隻飛鳥、一群螞蟻、一位馴獸師、一位水手……

「人世間這麼多愛，我一定要變成你的愛。」一抹雲這麼說著。

編號93

於是，一抹雲果然完成了與螺絲狗相愛的心願，她終於來到人間
了，她變成了一場大雨，這場雨淋得螺絲狗渾身溼透……
螺絲狗死命地甩身上的雨水，那些雨水原來是他才剛以為的一條
愛情海的魚、一隻飛鳥、一群螞蟻、一位馴獸師、一位水手……
那抹雲以為那是螺絲狗的快樂，於是下得更大、用力地打在螺絲
狗的身上……

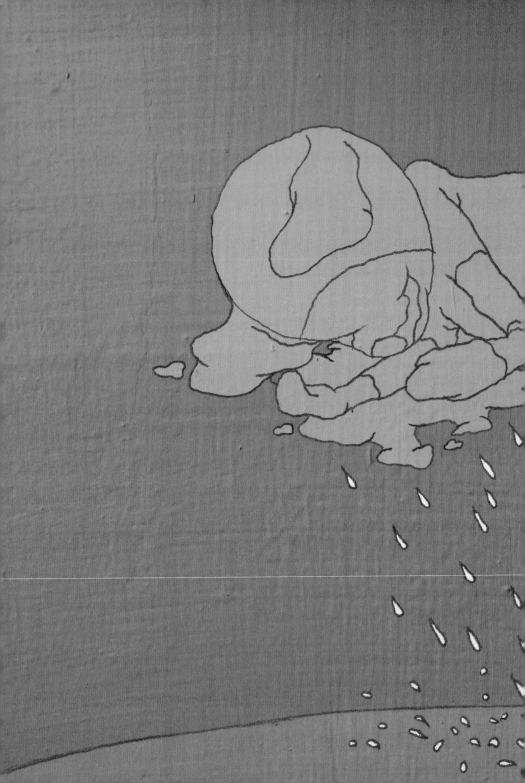

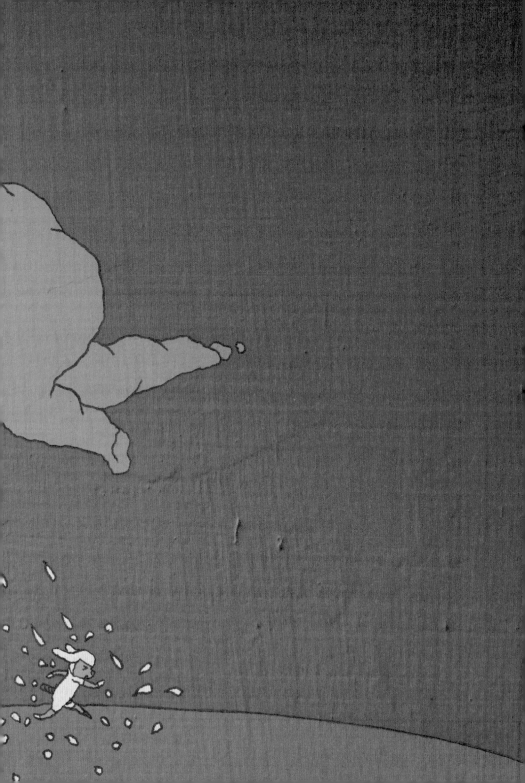

編號96

我見到螺絲狗的時候，螺絲狗已經感冒到近乎喪命。

他在大雨裡奔跑，仰天大笑。

我遇到了他，救回了他，也覺得救回了我自己。

我的名字叫做「故事」，也是一個窮困潦倒的作家。

螺絲狗從來沒有拋棄過任何一場愛、或是拒絕一場愛。

而我，就是他第一個想要離開的愛人。

螺絲狗在編號第96個故事，離開了我這個叫做「故事」的人。

編號94

螺絲狗愛上我了，我是一個叫做「故事」的人。

這場愛，應該跟感恩有關。

我那天被第21家出版社趕出門外後，我想，應該是結束我作家夢的時候了！
我是一個再也沒人要的作家，我的書，應該是在我那第一本書大賣之後，就再也沒人欣賞了。

這個年頭需要的是事實，需要的是真相，需要的是教你賺錢的方法……

我嘗試著寫，但我不知道為何，那些沒有親身經歷的事，就是會讓你寫起來變成一個囉唆又嘮叨的作家。

我的爛帳不需多說，說說這條螺絲狗。

我在大雨裡面摔了一跤，鞋子還飛出了一隻，那隻鞋子打到了螺絲狗的那根螺絲尾巴，那條尾巴讓我覺得好笑得要命，但這可把他給擊倒了。
他在我懷裡拚命地喘氣，我知道自己都快被世界遺棄了，但這條螺絲狗卻讓我有了一點力量。

編號95

「怎麼了？」我問螺絲狗。
「我昨天，看到別人在我們背後笑我們。」螺絲狗說。
「沒什麼，我已經習慣我寫的故事常常被人恥笑啊！」
「不是，是他們在聽你說我的故事的時候……」

我跟很多人說這隻螺絲狗的故事，每當我說完一個，我就會自己感動地流下眼淚，或是開心地唱歌。

「我想離開你。」螺絲狗拖著蹣跚的步伐走到門口，那條螺絲尾巴下垂著。

「他們都認為你瘋了！因為你跟一隻一天到晚談戀愛的狗相愛了，他們嘲笑你居然會聽一隻狗說故事……我不想再害任何人。」

「好！那我答應你，我說完100個螺絲狗的愛情故事就不再說了！我說完就住口！」

「你說完，大家就真的把你當瘋子了！」

「我是瘋子啊！」我這一喊完，螺絲狗總算回頭看了我。

「一個說故事的人，最在乎的就是有沒有人聽他的故事，最在乎的就是還寫不寫得出故事！」

「所以你應該有一個人聽你說故事，而不是一條狗！」
「應該有一個人能夠擁抱你、應該有一個人能貼著你的心跳、應
該有一個人可以跟你一直往前、一起面對失敗、一起……」
螺絲狗竟然說出了過去所有拒絕他的話，用這些話來拒絕我。

「對不起！我真的對不起！」螺絲狗這下真的要崩潰了。
「我真的什麼都不是，我真的只是一隻螺絲尾巴的狗。」

換成我離開了我的房子三天，我讓螺絲狗自己待在我的家裡。
我想讓彼此靜一靜。

三天後我回來，螺絲狗已經不見了！

或許這樣也好，我們各自用各自的方式拋棄了彼此，誰也不損失誰的尊嚴。

可笑的尊嚴啊！當這個念頭一來的時候，螺絲狗就回來了！

他帶回來另一隻狗，叫做「螺絲帽狗」。

螺絲狗愛上螺絲帽狗了！

編號97

「讓我們一起說完100個故事好嗎？」螺絲狗帶著螺絲帽狗回來我身邊，說出了這一句話。
「為什麼？」我說。
「你走了後，我馬上想到我編號第6個故事。」

編號6

螺絲狗在趕夜路，趕著在夜裡逃跑。

逃亡的感覺很妙，一邊趕，卻又一邊頻頻回首，好像要記住這一
段逃跑的路。

好像是為了某一天，還能夠知道，這一切怎麼回去。

編號98

「這是第98個故事了！」螺絲狗這麼說著的時候，我給了一個微笑。

第98個故事，是昨天晚上，螺絲狗在我們家做了一個夢，夢到他所有的愛人都出現了，並且面對著他，以他為圓心，繞成了一個圓圈。

「我是不是快死掉了？」聽說人死的前一刻，所有相愛過的畫面都會在眼前重現一遍。

但說真的，應該是這些愛人都知道，螺絲狗在下一個故事之後，就要永遠跟「螺絲帽狗」在一起了！

你會用什麼表情，面對每一個在同一時間、同一地點，遇到的所有舊情人呢？

而且現在他們都把你團團圍住！

螺絲狗很想做出他這一輩子，最大最幸福的微笑，好好看這些愛人最後一眼。

但他每一次每一個轉頭的面對，他都不知道自己的表情，該怎麼控制。
更奇怪的是，這一個個的重逢，居然也沒有任何與他們的回憶重現……

螺絲狗只想好好看個清晰，他們每一個現在的樣子。
為什麼曾是那麼熟悉，現在卻那麼陌生？
而這陌生當中，還居然有著一些親切！
他們像是一群從未相識過，卻很親切的人出現在螺絲狗面前。

就在這個念頭萌生的這一刻，螺絲狗不知為何，自己說出了這一句請求：
「來跳舞吧！」
螺絲狗嚥了一口口水。
「讓我們一起，跳最後一支舞吧！」

音樂不知道什麼時候就響了起來，但我們都知道，是「螺絲帽狗」放的。

大家隨著螺絲狗的動作，一起跳著可愛的「狗舞」，還發出「汪汪汪」的聲音！
如果，真的說不出什麼話來，而那些感情都不知道還要用什麼言語來表達，就一起跳這支狗舞吧！
就讓簡單的舞步，帶領我們作一樣的動作、一樣的移動、一樣的笑容，跳完這支舞，也就跳出，我們曾一起擁有過的幸福。

無需言語的舞步，流轉間的天真與浪漫。

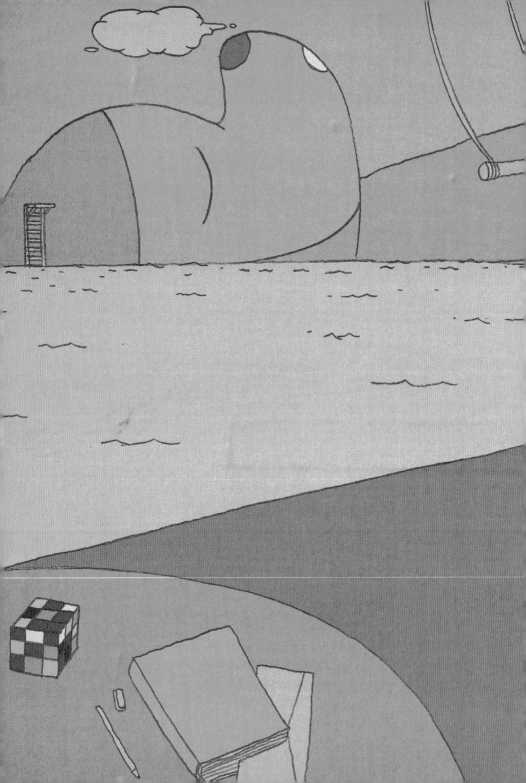

編號1

那我們現在可以說螺絲狗第一個故事了嗎？
很久很久以前，有一隻螺絲狗誕生在一個流星劃過的夜晚……

編號2

「天啊！太可愛的狗了！他的尾巴像一根旋轉的螺絲啊！」
就像黑色的小狗，我們習慣叫他「小黑狗」、黃色的老狗我們會
叫他「老黃狗」，螺絲狗因為這根像螺絲一樣的尾巴，從此就被
叫成──「螺絲狗」。
不知道是因為螺絲狗的媽媽知道螺絲狗特殊，還是知道這隻特殊
的狗很快就會離開她，她一直舔著他這條最特殊的小狗。

編號3

特殊的螺絲狗果然是大家的最愛，所有大人小孩都喜歡摸他，只
要一喊「螺絲狗！螺絲狗！」螺絲狗的尾巴馬上就旋轉起來！

「太神奇啦！螺絲狗的尾巴真的會旋轉耶！」

其它出生的每一隻小狗，因為沒有螺絲狗特別，所以乏人問津，
一個非常富有的男人，特別來看這隻螺絲狗，於是高價將螺絲狗
帶走了！

編號4

螺絲狗成了富人每天炫燿的財富！

所有客人都喜歡喊著螺絲狗，螺絲狗一高興，螺絲尾巴就不停地
旋轉，這個旋轉轉傷了一把椅子、一隻桌腳、一個花瓶……

或許，富人有的是錢，所以最在乎錢，這隻螺絲狗開心地轉破了
所有，滿足了客人的驚嘆，卻埋下了主人失望的種子。

編號99

「明天就是最後一個故事了！」我跟螺絲狗這麼說著。
我們倆像是為了證明──這一切都是為了愛，而彼此為彼此的過去頻頻回首且保護著。

「為什麼老天爺不讓你一開始就知道，你應該愛的是螺絲帽狗？」
我這樣問著螺絲狗。

我們一陣沉默。

「你還欠我編號第5的故事！」我這樣問螺絲狗。

螺絲狗跟我說，他已經跟我說過編號第5的故事了！
我說有嗎！
他說有！
我說沒有！

我們倆爭辯無用。

今天已是最後一晚，我跟上帝說，明天之後，我將祝福我的愛，
以及帶著我愛的故事，去說給一個真正懂我的故事的人聽……

果然，那天晚上，上帝來了我夢中。

祂跟我說，祂早就告訴過我——你要找一個適合你的人在一起。
只是不知道，為什麼我一直不知道，什麼才是適合我！

接著，我突然在夢中，看到了螺絲狗編號第5的故事。

編號5

富人這天已經忍受不了螺絲狗的尾巴破壞了多少他名貴的東西。
但是這對富人仍是想給螺絲狗一些訓練，讓他能夠扳回一成。
這些訓練很特別，比方說推車、拉小提琴⋯⋯
但幼小的螺絲狗哪會聽懂主人的語言，只以為大家都只想要看旋轉的螺絲尾巴。
這條旋轉的尾巴，果然弄破了主人最愛的一幅畫。

「你給我滾！螺絲狗！我不適合你！你去外面找一個可以跟你相配的狗在一起！最好是條螺絲帽狗！可以讓你一直轉進去！」

那天，答案就說出來了！

只是螺絲狗一直在哭、一直在逃跑，所以每一句話，對螺絲狗來說，都是恨！

我在夢裡看到那幅破掉的畫，若沒錯的話，應該是那富人離開人世的愛妻，那愛妻抱了一隻很像螺絲狗的狗。

編號100

「這一切，都是為了愛！」

我不曉得是螺絲狗還是我，最後說了這句話，離別的那天，我突然擁有一種被釋放的自由感覺。

當我有這種感覺的時候，我突然又想跟一個迎面而來的人，說我這隻螺絲狗的愛情故事，你知道嗎？我真的就這樣，遇見了我的真愛！

2007/8/28凌晨0時26分於汐止樂寓

獻給我的父親李樂玉先生

國家圖書館出版品預行編目資料

螺絲狗 / 李鼎著. -- 初版.
-- 臺北市 : 大塊文化, 2007.11
面 ; 公分. -- (catch ; 137)

ISBN 978-986-213-016-2(平裝)
855   96019812

LOCUS